Qoraa: Fadumo M Ibrahim

Farshaxan: Kooxda Yami

Hooyo
iyo
Aabbo

KOOXDA ILMO ©

Hooyaday
waan
jecelahay.

Codkeeda waxaan maqlayay anigoo uurka ku jira.

3

Markaan adduunka imidayna iyadaan ugu hor arkay.

5

Waxay i korisay iyadoo jacayl wayn ii qabta.
Waxayna ii iftiimisay wax walba. Saarah ayey ii bixisay.

Ciyaartay i bartaa. Bannaanka ayay i igaysaa.

Maktabadday i tustay, lebbiskay i bartay.

Markaan xanuunsadona way ila soo jeeddaa.

Hooyo waxay i siisaa cuntooyinka aan aadka u

jecelahay oo dhan.

Waxay ku dadaashaa in aan wax barto.

Higaadda ayay i bartaa. Xisaabtay i bartaa

Iyo adduunka waxa yaalla oo dhan.

Hooyo waa nolosheenna. Aan u ducayno.

Adduunyo raaxo, Aakhirona janno.

Aabbahay
waan
jecelahay.

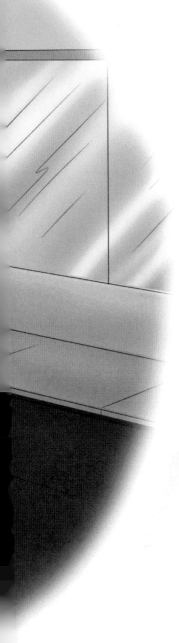

Wuxuu igu qaadaa gaadhiga, waxaan garaacaa hoonka. kaddibna wuxuu i geeyaa bannaanka. Mar-mar waxaan u raacaa tukaanada Waawayn, waanan la soo addeegaa.

Aabbahay wuxuu i baraa tirada, iyo xisaabta.

Marka Dugsiga (Iskoolka) la xidho, Hooyo iyo
Aabbona ayna shaqo lahayn. waxaan tagnaa
garoonka diyaaraddaha.

Wuxuu Aabbo nooga sheekeeyaa diyaaraddaa
aan raacayno, iyo Meesha aan u socono.
Waxaan soo booqanaa Awoowo iyo Ayeeyo.
Aabbahay aad ayaan u jecelahay.

18

19

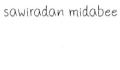
sawiradan midabee

20

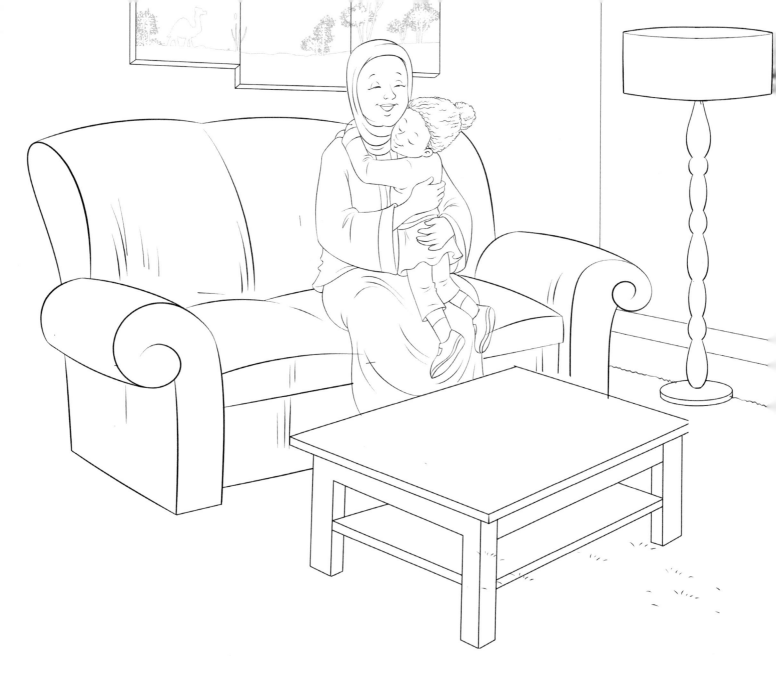

sawiradan midabee

22

23

ilmo

B T J X KH

D R S SH DH

C G F Q K

L M N W H

Y

A E I O U

25

Weedhaha Ku Jira Buugan:

1- Codkeeda
2- Maqlayay
3- Adduunka
4- Imaaday/ yimiday.
5- Arkay
6- Ciyaarta
7- Maktabadda
8- Jiradana
9- Xanuunsado/ jirado
10- Ila soo jeeddaa

11- Cunto
12- Dadaashaa
13- Bartaa
14- Higaadda
15- Xisaabta
16- Nolosheena
17- Ducayno
18- Raaxo
19- Akhiro
20- Janno

21- Sheekeyaa
22- Hoonka
23- Gaariga
24- Adeegaa
25- Shaqo tagaynin
26- Garoonka
27- Diyaarad
28- Booqasho.

Maqal Iyo Dhagaysi

Suaalaha Macalinka Waydiinaayo Ardayda:

1- Sheekada yey ku socotaa?

2- Magaceed ma sheegi kartaa?

3- Sarah maxay ugu ducaysay hooyaaded?

4- Saarah gaariga maxay ku samaysaa?

5- Markay boorsooyinka wataan halkay joogaan?

6- Goobta diyaaradu joogto magaceed?

Kalmadaha Soo Noqnoqda:
Waydii ciyaalka in ay qori karaan

Hooyo, Aabbo
Cunto
Xisaab
Soo jeed, seexasho

Macluumaadka Muuqalaka Ah:
Waxaad kala sheekaystaa caruurta sawirada buuga leeyahay. Waxaad
waydiisaa maxaad ka fahanteen sawirkan.
Si aad u fahanto heerka uu fahankoogu maraayo.

Caawimaad Dheerada Ah:
Waxaad way diisaa caruurta in ay sawiraan Hooyo iyo Aabbo . Una qoraan
Hooyo iyo Aabbo waan ni jecelahay.

28

This Books Are Reading Book With A Hint Message In It.
The Benefit Of This Books Are:

1- The Somali child who is born in the west will learn family members names, such as.

2- Aabbo.Hooyo.walalkay.walaashay.Awoowo. Ayeeyo. Habaryar. Abti.Eedo. Adeer. In a unique way that the child can relate to.

3- Books are aimed to encourage parents to sit down with their children and to try read it together.

4- Early reading with the child will help to build the child's vocabulary in his mother tong.

5- It will also give the child attention to education as he is already used to read to books.

6- finally there will be part of this books translated in other language.

Bugaagtan Waa Buugaag Akhris Ah Oo Xaanbaarsan Fariin Qarsoon:

1- Faaiidoyinka aad ka helayso buugaagtan ayaa waxay tahay.

2- ilmaha qurbaha ku dhashay waxaa uu baran donaa magcyada qoyskiisa ugu dhow sida Aabbo, Hooyo, Awoowo, Ayeeyo,Adeer, Abti, Walashay, walaalkay, Eedo. Buug walba qof qoyska ah ayuu uga sheekayn doonaa si gaar ah.

3- Buugtan ayaa loogutalagalay in ay dhiiri galiyaan walidka iyo ilamaha in wada fariistaan oy wada akhr yaan.

4- markuu yar yahay ilmaha lagubilaabo akhris yaraanimo waxa u bartaa kalamadaha uu isticmaalayo marka uu hadlayo

5- Akhriska waxaa uu ilmaha ka dhigaa in uu diyaar u noqdo, waxbarashada oo waxa uu ilmaha galiyaa xiiso ah in uu wax barto.

6- buugtu waxa soo bixi doona iyagoo Lagu turjumay afaf kale.

29

WAXA SAMEEYAY KOOXDA ILMO ©

Emails

M.zaylai@ilmoaqoon.com

F.ibrahim@ilmoaqoon.com

..

Soo Saarid: Filsan Dahir

Daabacaaddii Koowaad 2018

Made in the USA
Monee, IL
12 December 2019